{1}
BEABEA K
RESSEN
GIRL
우라 로지
PRESENTED BY URA ROJI
배배 꼬인
르상티☆걸
척

BEABEA KKOIN RESSENTI GIRL

# CONTENTS

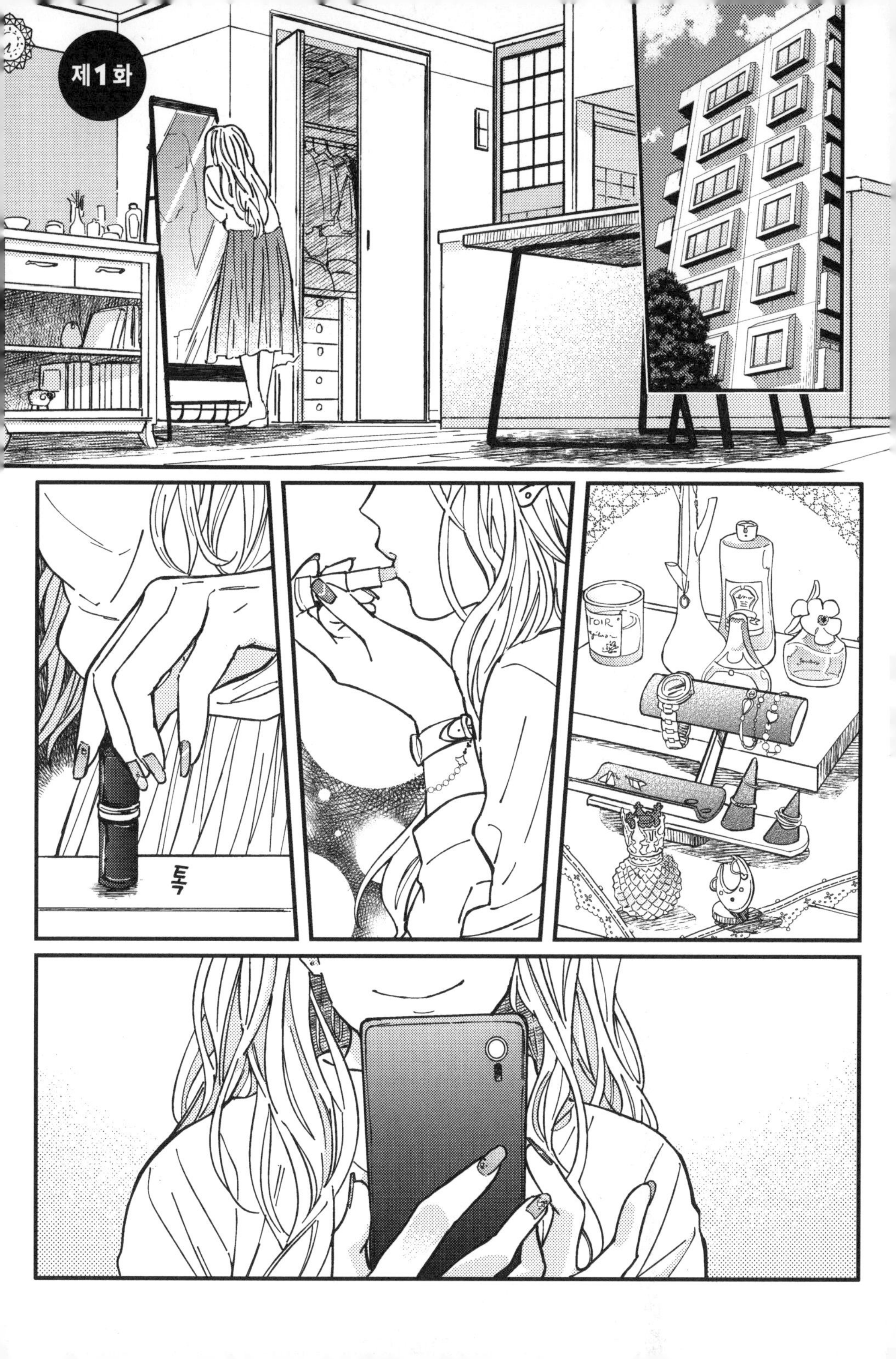
제1화
톡

찰칵

akira_ins
좋아요 128개
akira_ins
Rainy day ☂
비 그치길 기다리며
항상 가는 카페에서 커피 한잔

SOMY

이러다
지각하겠어.

그만
나가야겠다.

본건은
강도 살인에 대한
양형부당의
상고지만
피고인은 차 안에서
다량의 수면제를
피해자 부부에게
강제로 먹인 뒤,
혼수상태일 때
로프로 교살했습니다.
또한
피고인은
교묘한 수법으로
부부를 유인해
신용카드를 강탈했고
수면제와 로프를
사전에
구입한 것은 물론,

사체를 매장할
토지까지 구입
해둔 점에서
주도면밀하게
살해를 준비한
고의성이
인정되므로
전과가
없는 것을
참작하더라도
1심의 형량은
타당하기에
형소법 414조,
396조에 따라
상고를
기각한 것으로
보입니다.
훌륭해요,
에코다
학생.
아주
완벽해요!

감사
합니다.
타니자키
교수님.

정말 대단해, 에코다!
타니자키 교수님 앞에서 그렇게 척척 대답하다니!
너 아니었음 또 레포트 낼 뻔했어.

마침 어제 예습했던 부분이었거든.
운이 좋았던 것뿐이야.
겸손하게 안 굴어도 되는데~

아키라, 끝났어?
응.

벌써 가는 거야?
응.
카페 들렀다가 알바 가려고.

에코다는 정말 대단한 듯!
알바비로만 생활 한다면서?

머리 좋고 착실한 데다
외모까지 출중하니,
완벽한 엄친딸의 표본, 그 자체 같아!

찰칵
SOMY
이것도 나중에 SNS에 올릴 거지?
역시 공부 후에는 단게 최고야~
맛있겠다♡
올리는 것마다 다 맛있어 보이더라.
맞아~
괜히 배고파져.
정말?

맞네!
완전 예쁘다.
아키라는 사진을 잘 찍어서 SNS가 늘 기대돼.
그래?
그냥 찍는 건데….

그것도 전에 올린 거지?

자,
그만하고 먹자.
시간 아까워.
오늘도 알바 있어?

그런 센스까지 좋다니 너무 다 가진 거 아냐?
가게 알려준 건 너잖아, 미사키!
네 센스가 좋은 거야!

아키라는 정말 대단해.
존경스러워.
놀리지 마~

STAR BOX'S CAFE
주문하신 음료 나왔습니다!
ST
항상 감사합니다.
손님, 이건 서비스예요. 괜찮으시면 드셔보세요.
네?
속닥
왠지 오늘 피곤해 보이셔서….

저 직원 진짜 예쁘지 않냐?
항상 친절하고.

고마워요.

이거 드시고 기운 내세요.

나, 저 애
웃는 얼굴 보려고
온 적도 있어.
뭔지
알아!
그냥
자연스럽게
오게 된다니까.
찰칵
수고
하셨습니다!
아키라 선배,
토요일엔 정말
감사했어요!
어?
근무
바꿔주셔
서요….
아냐,
아냐!
사실
이번 달에
돈이 좀
부족했거든.
덕분에
살았어.

그러니
신경 쓰지 마.
오늘 수고했어.
네,
선배도요.
아키라 선배,
너무 멋져~
선배라고
으스대지도
않고
자상하고~!
정말
본받고
싶어~

그렇겠지!
아무렴

재색을 겸비한
성격 좋은 미인에
학교와
알바하는 곳에는
자립심 강하고
상냥한 귀한 집 딸로
알려져 있고
수고
하셨습니다~
먼저
가볼게요~

역시 나는
오늘도
완벽했어!

남녀노소
모두에게
사랑받는
완벽한 여자….
밤길
조심해~
아키라는
집이 멀지?
남자들한테
인기가
많다고 해서
여자들에게
미움받을 이유도
만들지 않는

철벽으로
자신을
지킬 줄 아는
전 인류의
이상적인 여성.
그게
바로 나!
모두가
나만
바라보면 돼!!

진짜 라니까!
에이~
거짓말
주식회사 액시아

아키라-!
핫
아, 미안.
뭘 그렇게 봐?
괜찮은 남자라도 있어?

키요세 잖아.
아키라 눈에 든 남자가 누구야?
진짜? 어디, 어디?
어휴, 그런 거 아니야!
어?
아직 1학년인데,
몇 번 얘기해 본 정도야.
아는 사이야?
맞다, 이 근처에서 알바한다고 했었지.
아, 정말~
그런 거 아니라니까.
백마 탄 왕자님 노려보려고~?
히죽
집도 잘 산다고 하더라고.
타니자키 교수님 수업이 듣고 싶어서 청강한대.
아키라 같은 애구나.
흡연 매너
지켜주 세요
잘 들어가~
바이 바이
오늘 수고했어~

후우
뭐, 이런 식으로 벌면 문제는 없지만.
안전 제일

옷이나 신발 값도 꽤 나가고.
하지만 완벽한 나로 사는 데는 돈이 많이 들어.

그거 끝나면 좀 쉬자.
네에~

이쪽도 부탁해, 아키라.
네!

제일

저 녀석은…!
아까 역 앞에서
봤던….
들킨 거야?
하필
이 모습을?!
드드드드드드드드
드드드드드드드

망했어!!

만약 녀석이
다른 사람한테
말이라도 하면….

지금까지 쌓아온
이상적인 내 모습은
가루가 되고
말 거야…!
오싹

청순가련한
나를 부정하고
진실을
폭로해서
나를 조롱하고
벌거숭이로 만들어
구경거리로
삼을지도 몰라.
진짜? 크크큭
그렇다니까~ 크크큭
야~ 에코다 선배?
공사 현장에서 구멍 뚫고 있던데 큭
완전 웃겨~ 크크큭

만약…
정말
그렇게 되면…
드드드드드득
내 과거까지
줄줄이
밝혀질 수도
있어….
그러면…!
야,
들었어?
에코다가
공사 현장에서
일한대.

집이
잘산다는 것도
거짓말
이라면서?
여태껏
모두를
속인 거였어?
너무한다.
잠깐만,
아니야!
그렇지 않아!
조금
안쓰럽지만
실망이야.
안돼애애애애애애
모든 걸
잃게 될
거야!!
잠깐만!
헉
아직
포기하기는
일러…!
여기서
동요하는
순간
모든 게
물거품이
되는 거야!

이 거리라면
나인 줄
모를 수도 있어….
헬멧도
쓰고
있으니까.

죽여버려야겠다.

이런 망할!!
파앗
설마
그 시간에
학교 사람이
지나갈
줄이야…!
사람들한테
떠벌리기 전에
녀석을
처리해야 해!
아냐…
침착해,
아키라…
사람을 죽이면
지금처럼 평범하게
살 순 없어.
후우…
좀 더
현실적으로
생각하자!
어떻게든
입만 막으면
되는 거잖아….
그러려면
반드시
그놈을 내 편으로
만들어야 해!

일단은 어떻게든
접촉 해보자…!

타니자키
교수님 수업을
청강한다는 건
사실이었네.
하지만
이 강의실에
친한 사람은
없어 보여.

투욱
아키라~
너~
어딜 그렇게
보는 거야!
미사키.
수업에도
전혀 집중
안 하는 것
같던데.
교수님
눈치보일
정도였어.
조마조마
하더라

무슨
고민이라도
있어?
아냐,
그런 거 없어.
앗!
덜컹

설마 연애
고민이었을
줄이야.

키요세가
눈에 확
띄지는
않아도
웃을 때
귀여운
얼굴이기는
해.
성격도
좋을 것 같고.
맞아
맞아
진짜
그런 거
아니야
…!

부끄러워
하기는~
우리가
도와줄게♡
윽…

외톨이
같지는
않은데
딱히
어울려 다니는
사람도
없달까.
맞아
…그렇
구나.
그보다~
싱긋
어?
움찔
아키라는
키요세의
어떤 점에
반한 거야?
생각해 보면
우리도 그렇게
친하지는 않네.
그런데
키요세는
사교성이
좋은 편이잖아.
얘기해 보면
그냥 평범하게
좋은 사람인가~
싶다가도,
뭔가 독특한
분위기가
느껴질 때가 있어.

아, 정말
그런 거
아니라니까!
얼마 전에
우연히
마주친
것뿐이야.
마주치다니
어디서~?
아, 혹시

걔가 생물실에
개인용
어항을 두고
뭔가
키우는데

아니, 들어봐!
이거 꽤 유명한
얘기거든!

열대어
수족관 같은 곳
아니야?!

그
어항에는
수초밖에
없대.

뭐야
그게?
특별한
수초인가?
그건
모르겠는데
꽤
오랫동안
바라보기만
하나 봐.

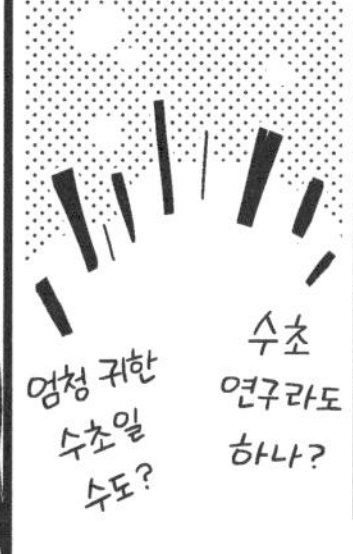
수초
연구라도
하나?
엄청 귀한
수초일
수도?

이렇게
말하긴 좀
그렇지만,

속을 좀
알 수 없는
애지.
그래….
특별히
친한 사람이
없으면
의외로
다루기
쉬울지도
몰라….

부잣집
도련님의
취미 생활인
그 수초나
어항에서
약점만
찾으면
내 세상이야.
불쑥

씨익

에코다 선배.

드르륵
약점을 찾기도 전에 만나버렸네.
생물실엔 어쩐 일이세요?

긴장할 것 없어! 이건 기회야.
무슨 볼일이 있는 건 아니고…
네가 들어가는 게 보여서.
여기서 친분을 좀 쌓아서 입막음을 하는 거야!
뭐 기르는 거라도 있어?
네가 가끔….

얘기
들은 거죠?
역시
남들 눈에는
이상하게
보이나 봐요.
물고기도
없는데
있는 것처럼
돌본다고.

근데 왜….
그냥요.
뭔가 살아있는 걸
넣고 싶다는 생각이 안 들어요.
이상하죠?

넣어도
채워지지
않으니까.
예쁜 물고기를
넣으면
관상용으로는
좋을 수 있어.
하지만
진짜 원하는 건
그런 게 아니야.

살아 있는 걸
넣어서 어항이
화려해져도
텅 비었다는 걸
아니까.
두려운
거지.
그렇게
생각하는 게
싫은 거야.
그걸
깨닫는 게.
에코다
선배.
퍼뜩
아,
미안!
내가
무슨 소릴
한 건지….
선배,
어제…
공사
현장에서
일하고
계셨죠?
왔다!
선수를
빼앗겼어.
나한테 뭘
요구하려고?

정말
대단해요.

그도
그럴게,

대학에서
공부 하면서
알바까지 하시는
거잖아요.
그걸로
방세도 다
내고 계시죠?
그런데
그런 얘긴
전혀 안 하면서
힘든 티도
안 내고요.

선배는 정말 대단한 사람이에요.
저라면 절대 그렇게 못 해요.
…….
그건…
그저 당연한 건데….
아뇨, 당연한 거 아니에요!
이게 뭔 일이야…?
한량한 부잣집 도련님한테는 그런 게 대단해 보이는 건가…?
하지만…
너도 알바는 하고 있잖아?
저랑은 다르죠.
내가… 지나치게 반응했나….
어쩌면 내 생각과는 다른 사람일지도….

저는 거의
집에서 보내주는
돈으로 사는걸요.

알바하는 것도
주 3회 정도예요.
더 적게
할 때도
있고요.
이 자식….

…아냐!
진정하자,
아키라.
여기서
감정적으로 나가면
아무것도
얻을 수 없어.
꽉…

훗

횟수가 뭐가 중요해.
직접 돈을 번다는 게 중요하지.
진짜 그런 거 아니에요.
저는 그냥 요리가 좋아서 하는 거예요.
게다가 공사 현장이 시급은 높아도 일이 힘들잖아요?
빠직
손톱 같은 것도 부러질 수 있는데
남자도 쉽지 않은 일을 선택하다니 놀라워요.
그래서 시급이 높은 거야!
그야 시급이 높으니까!!
저는 이왕이면 즐기면서 일하고 싶어요.

솔직히 그렇게 필사적이지도 않고요.

여차하면 부모님께 부탁하면 되니까요.

그래서 자기가 번 돈만으로 생활한다는 게 정말 대단한 것 같아요.

아, 저는 수업이 있어서

이만 가볼게요, 선배.

바이 바이
콰앙!

게다가
내 비밀까지
알고 있어….
회유해서
입막음하는
걸로는
부족해…!
풍족한 집에서
부모님 돈으로
호의호식하면서
살았구나….
젠장,
분통 터져…
저런 건
사회악
이야!
그
망할 자식
….
아무 부족함 없이
태평하게 사는
꽃밭 같은 인생…
이 몸이 피바다로
물들여 주마.
아주 끝장내버리겠어!!
키요세~

너 오늘
바로 알바 가?
오늘은
알바 없어.
이번 달은
금, 토만
하기로
했거든.
그럼
부탁할게!
짜악

미팅
한 번만
나와주면
안 될까?
상대 쪽에서
갑자기 한 명을
늘렸거든.
과대만 빼고
마음에 드는
사람 있으면
무조건
밀어줄게.

싫어.
뭐어?!

앞으로도
미팅은 딱히
생각 없어.
후다닥
무슨
소리야!
그러고도
네가
대학생이냐?

아님
좋아하는
사람이라도
생겼어?!

진짜?

누구야!
어떤 앤데?
같은 학부야?
비밀이야.
그래도 가끔
말은 꺼내줘.
상황 봐서
갈 수도
있으니까.

에코다 선배,
수초에
관심 있는 걸까?

BEABEA KKOIN RESSENTI GIRL

# 배배 꼬인 르상티☆걸

TOIR

난 여전히
너석에 대해
아무것도 캐내지
못했는데….
CSP 상사 주식회사

남몰래 하는
알바 현장을
목격하고
제일
그것도 모자라
나를 비웃듯
깔아뭉갠 놈….

완전
망했어!!

화악
제 2 화

키요세 하루카…
가만 두지 않겠어!!

안녕~
안녕, 아키라!
오늘 아침 SNS에 올린 가게 엄청 예쁘더라.
그치?
케이크도 맛있어 보이던데!
응,
분위기도 조용하고 아주 좋았어.
다음에 같이 가자.

어제
우연히….
일 보다가
시간이 남아서
들어갔거든.
아~
그래?
운이 좋았네.

근데 언제
그런 가게를
찾아낸 거야?
움찔

위험했다
….
후후
그러게.

어제는,
앗
이런!
SNS
업로드 하는 걸
깜박했잖아!
키요세 때문에
아껴둔 사진을
쓸 수밖에
없었어…!

그래서 사진 올린
타이밍도
좀 애매했고….
이런 일이
반복되면
안 돼!

하지만
지금은 정보가
너무 부족하단
말이지.
녀석에 대해
더 알아내야
해…!!

너석이 매번
타니자키 교수님
수업을 청강하는 건
좋은 기회야.

일단은 철저하게
따라붙어서
신변을
파헤쳐주겠어!!

5번 테이블
음식
나왔습니다!

대략적인
행동 패턴은
파악했지만….
녀석의
인성까지는
알 길이
없어.
학년이
다르다 보니
역시
한계가 있네….
별로
좋은 방법은
아니지만….
타악!
정보가
우선이야!
수단을
가릴 때가
아니라고!
네?

에코다 선배가
저한테 하실
말씀이
있다고요?!

갑자기 미안해.
시간 괜찮아?
그럼요!
안 돼도
되게 해야죠!
그럴 것
까진…
어쨌든
고마워.

키요세가
어떤 앤지
궁금해서….
아.

키요세
말인가요….
추우-욱…
미안

너랑 친해
보이길래.

아, 네….
근데 저도
걔랑 어울린 건
고등학교
때부터예요.

그렁
구나….

그래서
그때 일은
저도
잘 몰라요.

개…
좋은
녀석이에요!

그러니까
선배….
너무
거리를 두지는
말아주세요.
키요세가
실수한 게
있으면 저도
사과드릴게요!

아니,
그런 게
아니라…
전에 잠깐
얘기를 좀
나눠봤는데
궁금한
부분이
있어서.

거리를
두기는!
키요세만 좋다면
친구가
되고 싶은걸.

정말요?

역시
에코다 선배는
멋진 분이세요!
와아!
아무리
휩쓸렸다지만
괜한 말을
했나….

분명
바로…
잠깐만!
아,
그렇지.
지금
키요세를
부를까요?
뒤적

와아~
역시
배려심이
깊으시
네요~
그럴게요!
아…
큰일 날 뻔….
들키면
말짱 도루묵이야.

이런 식으로
남한테
자기 얘기를
물어본 걸
알면
기분이 별로
좋지 않을 거야.

다음에
직접 말을
걸어볼
테니까
오늘 일은
비밀로 해주지
않을래?

죄송한데 제가 약속이 있어서.
대화할 수 있어서 영광이었습니다!
가보겠습니다!
나야말로 고마워.
으윽…
피곤해….
아키라!
좀 성급했나….
이런 데서 뭐 하고 있어?
응, 그냥 좀.
점심 안 먹었으면 같이 먹자.
아키라 너, 요즘 얼굴 보기 힘들더라?
끌고 가자!
꾸욱 꾸욱
알았으니까 밀지 마~
됐어….
당분간은 상황을 지켜보자.

그동안
실컷 즐겨 둬라….
인생의 마지막
자유 시간을!!

으음….

일주일간 열심히 캐봤지만
약점이 될 만한 건 없었어….

할머니가 영국인이라 그쪽이 고향이고…
아버지는 심리학자.
녀석이 용돈 받으며 사는 곳은 부자 동네 쪽….
정말이지.

하지만 학교 주변에서 알아낼 수 있는 건 이 정도야….
마침 내일이 토요일이니

내가 갖고 싶어도 가질 수 없는 것들 뿐이야….
알면 알수록 속이 뒤집혀!

녀석의 사생활을
낱낱이
파헤쳐보자!!
부릅!
결심했으면
빨리 자자.
잠복해야 할지도
모르니까
체력 싸움에
대비해야 해….
부랴
부랴
부랴
휴일에 녀석을
미행해서
반드시 약점을
잡아내겠어…!!

웅성
웅성
술렁
웅성
웅성

변장한 건
좋은데…
후우…
역시 뭘 입어도
시선을 끄네….
내 쪄가
크다
어?
일단은
들키지
않는 게
제일 중요…
이 지출
비용은
반드시
회수하고
말 테야!!
· 선글라스
· 헤드폰
· 의상
· 미용실
· 화장품
중얼 중얼 중얼…
으드득…

에코다
선배?

휴일에
마주친 건
처음이네요.
어떻게…?!

어…

이 근처에 자주 오세요?
쇼핑?
아, 아니.
오늘은 그냥… 우연히…
산책 나왔다고 해야 하나….
이럴 수가…!
데이터상으로는 휴일 오전에 주로 잠을 잔다고 해서 방심했어….

…선배.
학교에서랑은 분위기가 많이 다르네요.

그 모습도 잘 어울려요.

그,
그래…?
네.
멋있어요

아, 선배.
산책 중이시면 잠깐 쉬었다 가지 않으실래요?

선배는
뭐 드실래요?
일이 이렇게….

어쩌다…

아냐!
비관할 거
없어.
오히려
기회지!
놈이 먼저
다가왔잖아.
이걸 잘
이용하면 돼!
키요세.
핸드
드립
460엔

난 음식도
주문했으
니까
나오면
내가 가져갈게.
먼저 가서
자리 잡고
있을래?
그래도 돼요?
무거울 텐데?
후후
괜찮아.
오페라

고마워요~

어리석은
키요세….
곧 나한테
내면이 완전히
까발려질 줄도
모르고.

하지만
네가 나쁜 거야.
선배,
여기예요~

내 비밀보다
더한 치부를
알아내서
주도권을
되찾겠어!!

오래
기다렸지?
아뇨~
고마워요.
창가 자리
괜찮으세요?
응, 가게가
예쁘네.

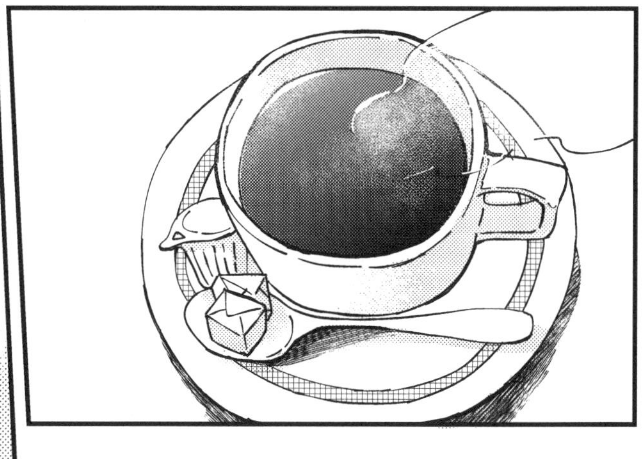

제가
제 커피 취향을
말씀드렸던가요?
아차!!
가,
가끔
교내 카페에서
마주쳤었잖아….
덜컥
학생 식당에서도
이렇게 먹었고.
그걸
기억하신
거예요?
대단하세요,
선배.
취향까지
기억해서
챙겨주시다니.
아…
위험했어….
나도 모르게
데이터대로
챙겨오는
바람에….
이 녀석은
내가 자기를
뒷조사하는 걸
모르는데…
더 조심
해야 해…!

선배는
정말 자상하시네요.
쑥스러워하시네.
귀여워요
아하하
내
내가 뭘….
네.
그럼 오늘도
수초를 보려고?
휴일에는
자주
보러 가요.
알바도
오전엔
안 가서요.
그렇구나.

왜?
선배는
오늘 알바
없으세요?

빌딩에서
창문 청소
하셨잖아요?

뭐야 얘…?!
대단해요
그렇게 높은데 무섭지도 않으세요?
덥석
꼭…
내가
숨기고 싶은 것만.
어떻게… 어떻게 아는 거야?
일전에 우연히 봤어요.
다양한 알바를 하시네요.
그런 건 휴일에만 하는 줄 알았거든요.
아무한테도 말하지 마.

팟
미안해!
내, 내가
잠깐
정신이 나갔었나 봐….
뭐 하는 거야?!
이런 놈한테 매달리다니.
이렇게… 꼴사나운 모습을…!!
알겠어요.

절대로.
말
안 할게요.

알바하는 곳
근처에
학교 사람이
보이면 바로
알려줄게요.
…고마워.
아!
뭘요.
연락처
교환할까요?

선배도 참,
아하하
그런 건
학교에서
얘기해도
되는데.
혹시 오늘
여기 온 것도
입막음하려고
온 거예요?

스토커
갈다니까.

학교에서도
저에 관해 물어보고
다니셨죠?
완전
스파이
같아요.
007처럼!

웅-

아-
죄송해요,
선배.

갑자기
알바생 한 명이
쉰다고
했나 봐요.
이만
가봐야
겠어요.
벌떡

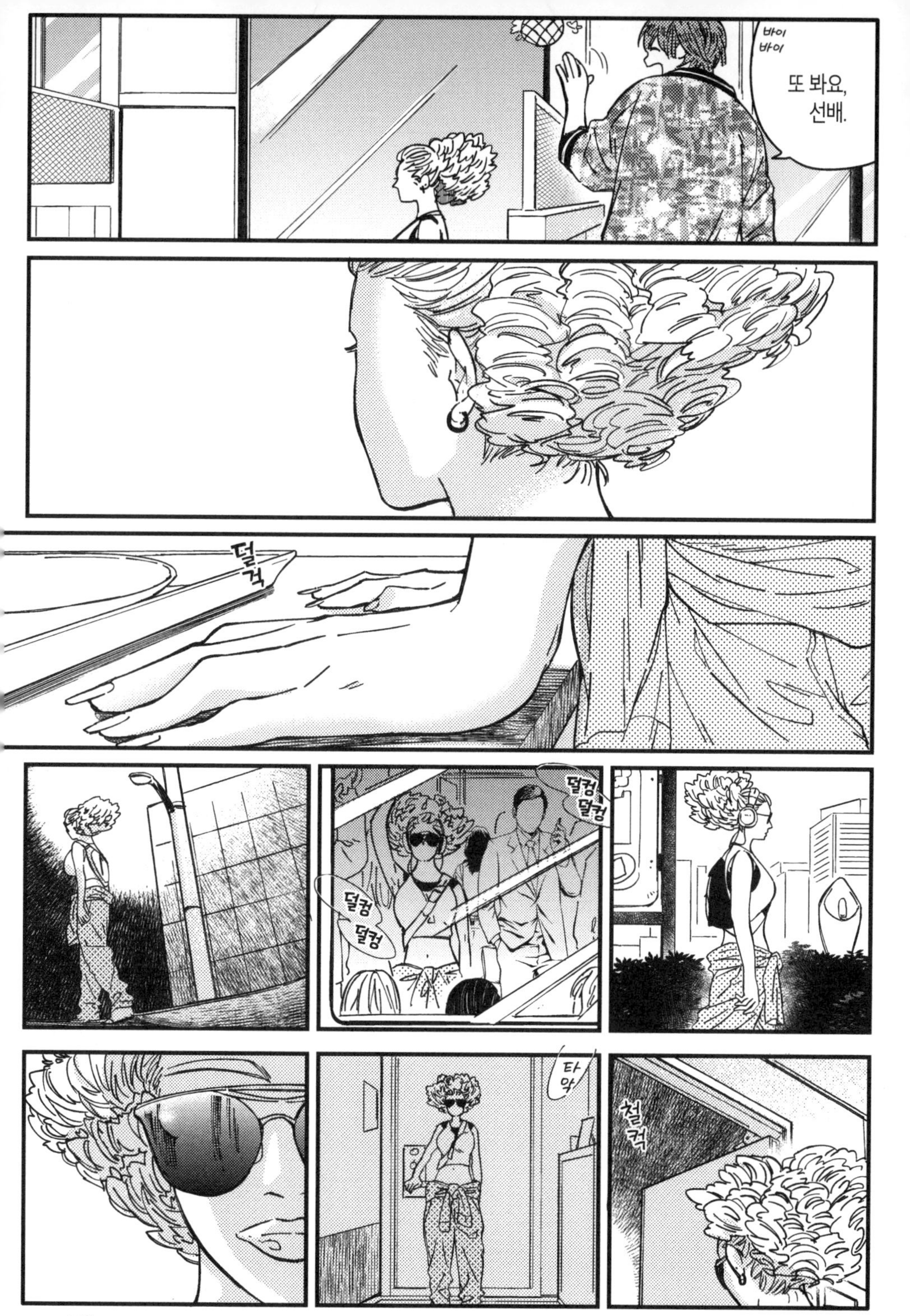
바이
바이
또 봐요,
선배.
덜걱
덜컹
덜컹
덜컹
덜컹
타악
철컥

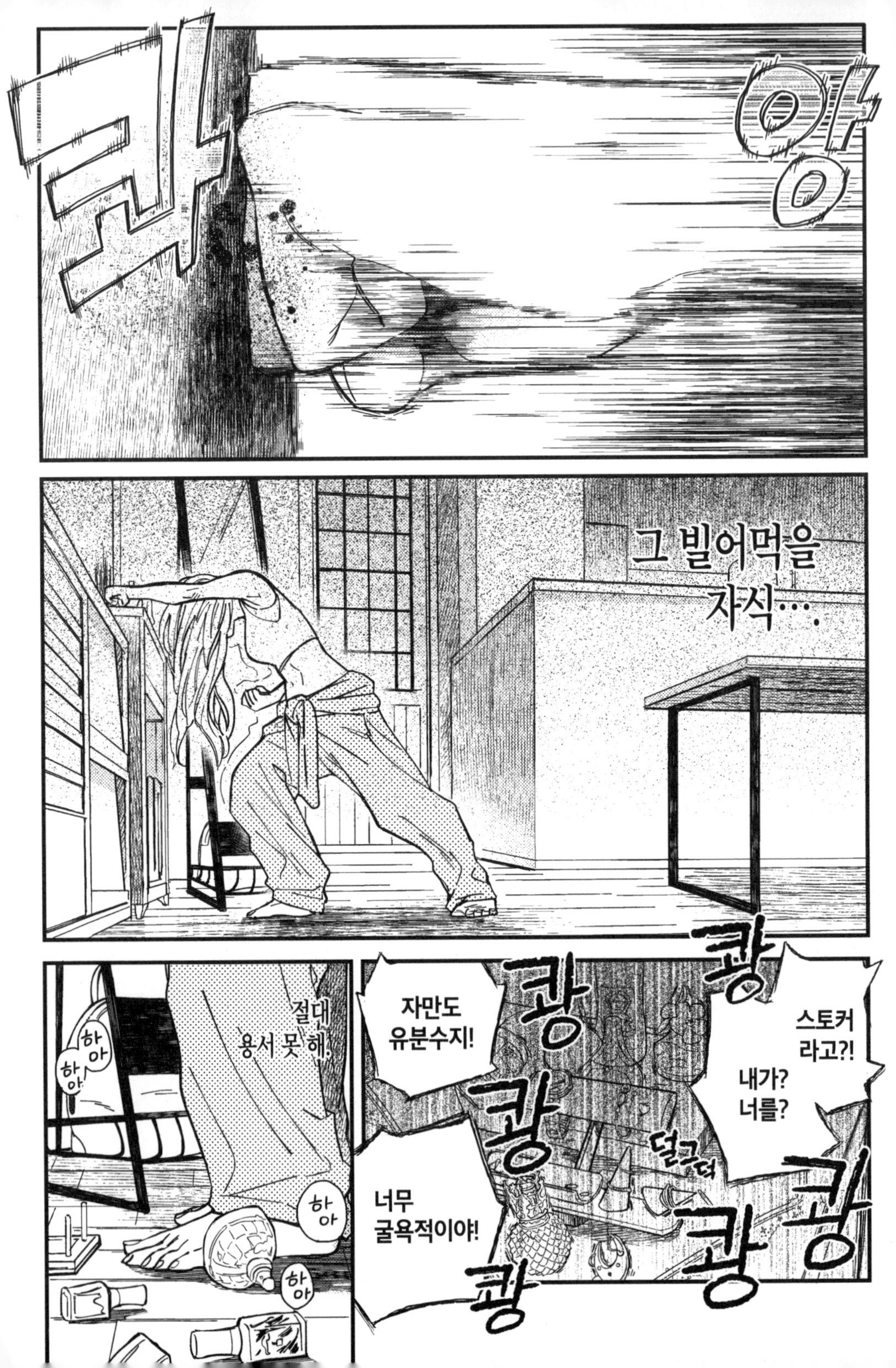

콰앙
그 빌어먹을 자식….
하아
하아
절대 용서 못 해.
하아
하아
쾅
쾅
스토커라고?!
내가? 너를?
자만도 유분수지!
쾅
덜그럭
너무 굴욕적이야!
쾅
쾅
쾅

고통이란 고통은
다 맛보게 한 뒤에
지구에선 숨도 못 쉬게
해주마….

그런데
잠깐만

내가
자기에 대해
묻고 다닌 걸
어떻게
아는 거지?

거참
이상하네.
은밀하게
움직였는데….

스토커 같다니까.

내가 심연을 들여다보고 있을 때
심연도 나를 들여다보고 있었던 거야…!
생물실 때도 그렇고
오늘 일도 그렇게 생각하면 납득이 돼.
녀석은 알고 있었던 거야…!
어쩌면
공사 현장 알바를 목격한 것도 나를 따라다녔기 때문에…?
제일
그래…,
그 녀석이 늘 봐온 건 학교에서의 내 모습이잖아.

오싹
훗
후후후
겁낼 필요는 없지.
차라리 잘된 일이야.
녀석이 나에 대해 다 알기 전에
녀석의 숨통을 끊어버리면 돼….
아주 기세가 등등해졌지만 괜찮아.
꾸우욱
그렇게 완벽한 나를 어떻게 안 좋아하겠어…!

순진한 척 의기양양한 얼굴에 가득 찬 그 자만심….
이 몸이 치욕으로 물들여 죽여주마…!!
나는 지금 꽃집 앞에 있어.
오늘 에코다 선배가 와서 너에 대해서 묻던데 너 뭐 실수한 거 있나?
에코다 선배 재밌는 사람이네.
잠깐 얘기했어.
에코다 아키라 어제
이모티콘을 보냈습니다.

제3화
미팅?
너 알바
없는 날이지?
같이 나가자.
응.
내일
저녁인데

알바하느라 바빠서 남자 만날 기회도 없잖아.
아까워~
이번에 의학부랑 법학부에서도 나온다니까.
그래도 좀….
뭐,
꼭 만남이 목적이 아니어도 되잖아?
기분 전환 하는 데도 좋을 거야.
그래!
술 마시러 가는 거야, 술 마시러!
음….
하긴…
요즘 키요세 일에 정신이 빠져서
다른 사람들과의 교류에 소홀했어….
다가올 미래의 꽃가마를 위해서라도
조사를 해둘 필요가 있어!!

그럼 가볼까?
진짜?
아~ 괜찮겠어?
아키라가 가면 남자 다 빼앗길 텐데.
무슨 소리야~
아, 그러게…!
그냥 인원수 맞추러 가는 건데.
여기야.
선술집 쿠보타
어서 오세요~
왜oooooo

왜 네가
여기 있어
…?!

이런 얘긴
없었잖아…!
어서 들어와
앉으세요.
늦어서
죄송해요~

일단 입막음은
해뒀지만
그 말을
믿어도 될지
알 수가 없어.
아키라?

왜 그래?
어서 앉아.
응.

그렇다고
여기서 뭘
할 수도
없고….
어쩔 수 없지.
일단은 적당한
자리에서
상황을 지켜보는
수밖에….

아키츠──
너였냐!!
역시 재한테 물어보는 게 아니었는데!
다 모였으니까 시작해요.
게다가 '저 엄청 잘했죠' 라는 듯한 저 표정은 뭐야!
맥주 괜찮아요?
건배~!
괜한 오해만 심어줬잖아….
자.
고마워.

…어쩌다
보니
자연스럽게
갈라지기
시작했어.
와~
그런데 그게
가능해?
그럼요.
거짓말!
나라면 절대
못 할 거야~
부릅
키요세도
지금까지는
별다른 얘기
안 한 것 같고….
이대로 티 안 나게
얘기를 엿듣다가
선배,
에코다 선배.
위험해 보이면
바로 화제를
돌리자.

술 마시고 있는 거 맞아요?
잔이 그대로인 것 같은데.

아냐, 마시고 있어.
정말이죠? 빼면 안 돼요.
모처럼 나오신 거니까.
그래… 고마워.
자, 받으세요.
아… 너무 들이대네.

솔직히 좀 성가셔….
기껏 좋은 위치에 앉았는데
키요세 얘기를 놓치잖아.
그래도 오늘은 제가 운이 좋네요.

선배는
이런 자리
잘 안 나오
잖아요.
애인이
있나 보다
했는데
혹시 지금
솔로예요?
솔직히
오늘은 사람이
부족하다고 해서
나온 것뿐이야.
지금
애인은
없지만
너무 알바만
하는 것도
안 좋은 것
같아서
기분 전환이나
할 겸.
그럼 딱히
만남을
원하는 건
아니다?
하지만
마음이
바뀔
수도
있죠.

응?
안 그래요?
…저도 있고.
언제 어디서 어떤 만남이 생길지는 모르는 거잖아요.
자기가 있어서 뭐 어쩌라는 거지?
좀 이해하기 힘든 애야.
무슨 소리예요, 에코다 선배!
하지만 지금은 별로 연애할 생각이 없어….

미팅에 와놓고
그게 말이 돼요?
으응?!

뭐지?
아까부터 대화가 전혀
안 통하는데…!
사람이 이렇게
남의 말을 안 들을 수도
있는 거야?!

그러니까
그냥
기분 전환
하러….
네네~
공부랑
알바만 하려니
많이 외롭죠?

선배처럼
예쁜 사람이
사랑을
안 하는 건
죄예요.
울컥
네가
상관할 바
아니야!!

미안, 잠깐
화장실 좀….

추-욱
지쳤어….
여성
대화가 안 되는 사람이랑 얘기하는 게 이렇게 피곤한 일인 줄 몰랐어….
내 주변에는 얘기를 잘 들어주는 사람만 있었구나.
경험이 많은 남자는 다 저런가?
그러고 보니 미팅 같은 덴 나올 일이 거의 없었지….
응?
좀 괜찮아?
아, 아키라!
키요세가 쓸데없는 얘기를 하는 건 아닌지 지켜봐야 해….
달칵
그래도 빨리 자리로 돌아가야지….
하아…

마음에 드는
사람이 있으면
집요하게
구나 봐.
네 앞에
앉은 애,
나카무라바시
라고 하는데
너도
조심해.
우리도
기회 봐서
도와줄
테니까
고마워.
돌아가면 자리
옮겨야겠다.
너한테
엄청
들이대고
있지?!
왜 하필…
일이 성가시게
됐네….

왜oooooo

아
선배,
어서 와요.
여기 있는
거야…?!

이 녀석…
자연스럽게
자리를
옮겼어…!
너무 안 와서
걱정했어요.
거절하기도
어렵게….

게다가
키요세랑 완전
끝과 끝이야!
이러면 대화를
엿들을 수가
없어!

잔이 비었길래
새로 시켰어요.
이런 놈한테 휘둘릴 때가 아닌데…!
미안.
내가 술이 좀 약하거든.
슥
그래요?
그럼 다음엔 더 가벼운 걸로 시킬게요.
술을 못 마시겠다고 말한 거잖아!!
가벼운 게 문제냐!

그리고 이거 자몽 하이볼이에요.
자몽이 알코올을 분해해준대요.
그딴 거 알 게 뭐야~!!
어쨌든 알코올이 들어 있잖아!
으아아아아아아!
틀렸어!
내 말은 들어먹질 않아….

어?

이거
탄산음료네.
내가 시킨 건
이게 아닌데.
혹시
음료 잘못
받은
사람?
아
여기.
내 거랑
바뀐 것 같은데.

아

이거 맞지?
네, 고마워요

쳇-

드디어 녀석한테서 해방됐어….
겨우 이쪽으로 왔네~

재도 진짜 끈질기다.
많이 힘들었지? 고생했어.
아냐. 내가 제대로 대처를 했어야 했는데.
재가
그렇게 나쁜 녀석은 아닌데….
감정이 먼저 앞서서
넌 오늘 에코다 선배랑 이제 처음 말한 거지?
응.
털썩

그래서 기뻐.
음~ 즐거워요.
뭐야~?
우리랑 얘기하는 건 안 기쁘고?
아하하
키요세, 너무 솔직하다!
잘 먹었습니다~
맛있었어.

2차 가실 분~
손 들어봐요!
감사합니다!
선술집
쿠보타
내일 오전 수업도 없잖아요.
울컥
생글
선배도 같이 가요.
나는 이만
또 그런다.
그러지 말고 가요~
아니, 난 이제 그만 가봐야 해.
엄마야…!
삐끗
적당히 좀…!
아
팟
잠깐,

괜찮아요?

안색이 안 좋은데
많이 취했어요?
응… 조금.
아키츠~
왜?
선배가 많이 취했나 봐.
네?
괜찮으세요?
눈치 못 채서 죄송해요!
아냐….
넌 잘못 없어
2차는 힘들 것 같아. 우린 여기서 빠질게.
나도 내일 1교시 수업이 있어서.
그래
선배 잘 바래다 드리고.
그러면 제가 바래
나카무라 바시~
와락
넌 우리랑 2차 가야지!
크윽

먼저 갈게요~
내일 보자~
그래~
조심히 가~
2차 못 가는 거.
조금 미안하네.
나는 괜찮으니 신경 안 써도 되는데.
괜찮아?
저도 술 잘 마시진 못해서요.
선배야말로 신경 안 쓰셔도 돼요.

내일 1교시에 수업이 있단 것도 사실이고요.
아!
택시 오네요.
선배는 어느 쪽으로 가요?
후타코타마 쪽….
그럼 같은 쪽 이네요.
택식
자, 얼른 타요.
어디로 모실까요?
미조노쿠치 역으로 가주세요.

피곤해요?

아냐, 술을 오랜만에 마셔서 그래.
그렇구나.
확실히 술을 좋아하실 것 같진 않아요.

졸리면 자도 돼요.
후훗
그 정도로 취하지는 않았어.

손님, 아츠기 방면으로 가는 거 괜찮으세요?
네.
아,

선배도 그쪽으로 가는 거 괜찮아요?
선배 집부터 들렀다 가요.
굳이 안 그래도 되는

데.
핫

이 녀석…
우리 집을
알아내려고…?!

그래.
이 녀석은 내 치부를 아는 놈….
내 스토커야…!

몰래 하던 알바를 알아내 약점을 잡았으니…
이제 집을 알아내려고 하는 건 당연한 이치…!!

이런 실수를….
친절을 가장한 이 행동도
에코다 선배?
다 작전인 거야!

깨달은 이상 같이 갈 이유는 없어!

저 내릴게요.
네?!

여기 서요?!
얼마 움직이지도 않았어요…!
한 블록밖에 안 왔는데
집이 이 근처예요?
괜찮아. 내가 알아서 갈게.

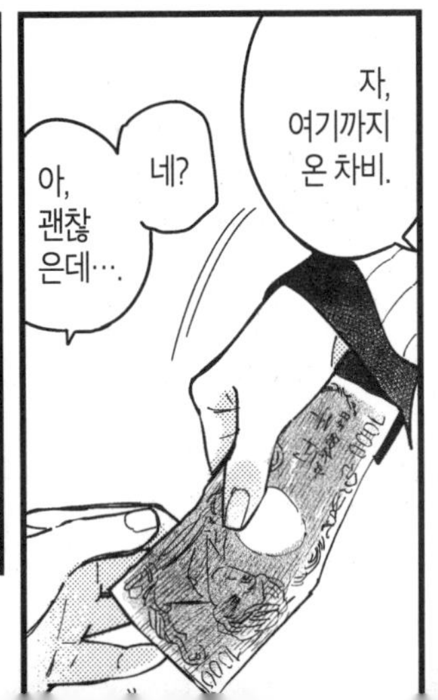
자, 여기까지 온 차비.
네?
아, 괜찮은데….

그럼 키요세.
잘 들어가.
아, 네.
안녕히 가세요 선배

괜찮으려나
….
아, 네.
손님~
출발할까요?
멍
어?
똑바로
걷는 걸 보면…
괜찮겠지?
설마 이 시간에도
알바하러 가나?
대단하네
이건….

짹
짹
찌르르…
305
타악
305

철퍼
덕
죽을
것
같아.
…으.
그후
기세 좋게 걸어서
오긴 했는데…
설마
다섯 시간이나
걸릴 줄이야…!
하이힐 신고 활보!
젠장, 다리 아파…!!

뭔가 중간부터는
격한 고통때문에
무감각해졌지만….
빌틀
빌틀
후우
후우
일단 씻자…
빌틀
빌틀

집까지
노리다니,
정말 방심할 수
없는 놈이야.
아무리
그래도
키요세
녀석…
하지만
참방

내가 그렇게 쉽게 당할 사람이 아니거든.
이번은 나의 승리다!!

그보다 그 녀석…
아주 자연스럽게 택시를….
꽈아악
택시 타는 게 익숙하다 이거지….
재수 없어

BEABEA KKOIN RESSENTI GIRL

# 배배 꼬인 르상티☆걸

제4화
없어!
진짜 없어!
뒤적
뒤적
청소 회사의
ID 카드가 없으면
출입구도
통과 못 하는데….
왜 없지?
잘 넣어뒀는데!

설마…
어디서
떨어뜨렸나?!

그럼 큰일이야!
거기에는 사진에
회사 이름까지 있는데….

만약 학교나
알바하는 카페에
떨어뜨려서
누가
줍기라도 하면….

그 순간
다
끝이야!!
그거
들었어?
아키라
알바
얘기~
들었어~
페 알바만
한댔는데
거짓말
이였어
청소부?
이런 일을
한 거야?!
야, 이거
에코다
선배잖아!
순
허세였나
봐~
거짓말쟁이~
본색이
드러났네~

웬만한 곳은
다 돌아
봤는데…
이렇게
찾아도
없으면
학교는
아닌 건가…?
항
없어….
아
아키라!
하지만
거기서
꺼낸 기억은
없는데….
카페
사물함?
차 한잔
하자!
엄청난
뉴스가
있어!
미사키도
참….
아키라,
지금
한가해?
미사키.
아카네.

남자친구가
생겼다고?!

응….
지난주에
고백받았대!
스터디에
안경 쓴
사람 있잖아?
그 사람이야,
그 사람!

정말…
미사키!
바로
아키라한테
말해버리고.
뭐
어때~

미안해,
아키라.
이런 일로
시간 뺏어서.
이런
일이라니!
얼마나
중요한
일인데.
그치,
아키라?
응

생각도 못 한 일이긴 한데
관심 없는 줄 알았거든.
하지만 좀 놀랐어.
아카네는 그런 얘기를 통 안 해서
'사귀자'고 하니까 머릿속이 하얘지면서
나도 모르게 '네'라고 해버렸어.
그 후로는 선배 생각만 해도 가슴이 두근거려.

애인이
생긴 것뿐인데
저렇게까지
…?

복권에
당첨된 것도
아닌데….
사랑에
빠진 거야.
대학원생이면
학교에서도
볼 수 있겠네.
잘됐다~
미사키도
꼭 자기 일처럼
좋아하네….

이렇게
요란 떨 일은
아닌 것
같은데.
좋은 일이긴
해도
부럽다,
아카네.
나도 연애하고
싶어~
아키라,
넌 어때?
어?

아키라는
키요세가
있잖아.
역시
그런 거야?
?!

아냐!
걔랑은
그런 거
아니라니까!
하지만 요즘
계속 신경 쓰고
있잖아.
맞아,
맞아.

근데 아키라는
은근히 숙맥이라

키요세가
적극적으로
나서주면
좋을 텐데~
맞아!

아키라
그러고 보니 어땠어?

뭐가?
지난주에 한 미팅.
분위기 꽤 좋았다면서?

아…
나는 별거 없었어.

다 같이 술 마신 건 즐거웠지만.
또 또~
거짓말하면 안 되지, 아키라.

?!
불쑥
키요세랑
둘이 먼저
집에 갔잖아.

누구 집으로
갔어?
그런 거
아냐!

그랬단
말이지~
제법인데,
아키라.
키요세도
멋있었어.
스마트하고~
카나,
그건…!

같이
택시를
타기는
했지만
그냥 각자
집으로 갔어!
먼저
우리 집 쪽으로
가서 내려주고.

그래 보이긴 하더라.
키요세가 초식남 인가….

너도 너무 정색하지 마.
미안, 미안.
애도 착하고 너랑 잘 어울릴 것 같아서 그런 거야.
지금 그 말은 키요세한테도 실례야.
농담 그만해!

키요세가 싫은 건 아니잖아?

아키라 선배,
애인 없으세요?!
네?!
그건,
당연히
아주 멋진 남자랑
사귀고 계실 줄
알았어요!
응….
말도
안 돼!
너무
아깝잖아요!
왜들
그러는
거야…?
왠지 다들
나한테
애인을
만들라고
하는데….
자,
잠깐만.
혹시
사귀다
헤어지신
거예요?

그야 그렇게 예쁘게 하고 다니니까? 너도 애인이 필요한 거 아냐?
맞아요. 오히려 없는 게 이상해요.
선배 정도면 마음대로 고를 수 있잖아요.
연하가 싫은 건 아니지?
잘 생각해봐.
이게 무슨 소리야…?

저녁 타임 여러분
잘 부탁해요~
네~
에
이봐,
수다는
그만 떨고
카드
찍었으면
얼른 나와!
애인이 없는 게
그렇게
이상한 건가….
이상해….

그래!
이거야!
생긋

고마워요.

나는 남자한테
잘 보이려고
꾸미는 게
아닌데….
주문하신 음료
나왔습니다!

나는 나를 위해, 모두에게 호감을 주는 사람이 되려고
예쁘게 하고 다니는 것뿐이라고!!
안녕히 가세요.
DOT'S CAFFE
Cookie
STAR BOX
수고하셨습니다~
수고 했어~

아냐,
괜찮아.
괜찮아?
뭐
없어졌어?
2건
아키라?
역시 ID 카드는
없어….
여기도 없으면
대체
어딨는 거지…?

82% 22:26
키요세 하루카
ID 케이스
제가 갖고 있어요.
21:30

이…

이 자식이…!!
에코다 선배가 감추고 싶어 하는 비밀
제가 갖고 있어요~

그때구나!!
헉
아무리 찾아도
없더니.
하지만 어떻게
키요세가 그걸…?

뭐 이런 놈이
다 있어!
택시로 집을
알아내려는 척한 것도
일부러 내가 오해하도록
유도한 걸지도 몰라….
ID 카드에서
시선을
돌리게 하려는
속임수였던 거야!!

어쩌지….
이대로
ID 카드가
그놈 손에
있으면
이런 알바하는 걸
모두가 알면
뭐라고
생각할까요?
알리고
싶지 않죠~?
시키는 대로
할 수밖에 없는 내게
뭘 강요할지….
으득…
어떻게든
되찾아야 해!!

타다다다다다다다다
아키라?

미안, 아무것도 아니야.

급한 일이 좀 생겨서… 먼저 갈게.
내일 보자.
수고했어
응.
너도 수고했어~

7F
9F
이자카야
이로리안
5F
4F
약 DRUGSTORE
입시전문
4F
SmileSuitCompa
또각
탁
달칵
하

에코다 선배.
미안해요, 여기까지 오게 해서.
가게는 금방 찾았어요?
저기, 그보다….
응….
아, 그렇죠.

여기요.
그럼 전 들어가볼게요.
키요세
아.
앗!
내일 학교에서 드릴까 했는데
아침 알바면 바로 필요하실 것 같아서.
고마워. 덕분에 살았어.
잠깐만!

오늘 밤
일은
절대
입 밖에
내지 마.

꼬떡
꼬떡
꼬떡꼬떡꼬떡
휴

헉
미안해!

내가 지금 무슨 짓을….
정말 미안해, 키요세!
꼴록

이건 분명 예의에 어긋난 짓이야….
인간으로서…!

괜찮아요.
걱정거리가 있으면
여유가 없어질 법도 하죠.
더 빨리 연락했어야 했는데.
미안해요.
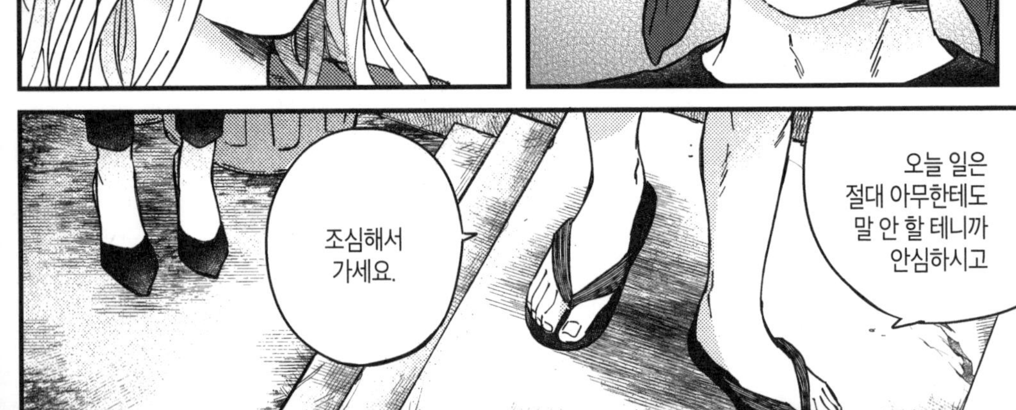
오늘 일은 절대 아무한테도 말 안 할 테니까 안심하시고
조심해서 가세요.

키요세!

…고
고마워.

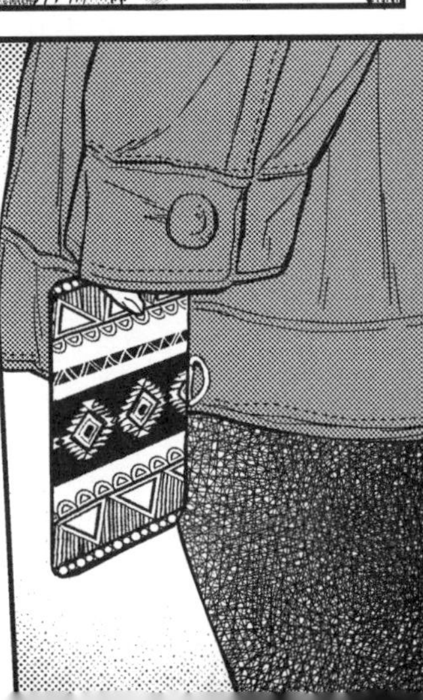

살았다~
한잔 더 하러 가자~
내가 축하주 살게!
정말~
생맥주 페어
어?
저거 아키라 아냐?
맞네.
지금 저 가게에서 나온 거지?
근데 저 골목은 뒷문 이잖아?

어서 오세요~
두 분 이신가요?
에이, 설마.
아키라 혼자 마시러 왔던 걸까?

게다가 오늘은 알바가….

손님 두 분 들어갑니다~
자리로 안내해 드릴게요!
혼자 마시는 성격도 아니고.
아키라는 술도 별로 안 좋아하잖아.

저기 봐봐!
잠깐만!

3번 테이블
나갑니다~
저기
요!
카운터석에
앉아도
될까요?
저쪽!
주방 앞이요!
네?
아,
그러
세요!
일단
생맥주
둘이요!
알겠습니다!
아, 선배님들.
안녕하세요.
어서
오세요~
좀
물어보고
싶은 게
있는데!
키요세,
키요세.

방금
아키라
왔었지?

저…
아키라가
누구죠?
에코다
말이야!
에코다
아키라!

걔는 혼자
술 마실
애가 아니라
신경이
쓰여서….

지금
가게 들어오다가
아키라가 나가는 걸
봤는데

게다가
가게 뒷문에서
나오는 것 같아서
혹시 둘이
뭐 있어?!
네가 오라고
한 거야?
절대
입 밖에
내지 마.

우물…

삐ㅡ익
앗.
휙
브로콜리가 다 익었네요….
브로콜리?!
좋은 시간 되세요~
돼지 목살 샐러드 680엔
브로콜리….
브로콜리 라고?!

쓰윽
제5화
삑

ID 카드도 무사히 돌려받았고
아무한테도 말 안 한다고 했으니까 일단 안심이야.
고생 하셨어요.
고생 했어.
여자 탈의
키요세도 제법 말이 통하는 녀석이네.
좋아!
에코다
타악

삑
이제 친구들의
오해만 풀면 돼….
고생
하세요
만사형통이야!!
고생했어~

내가 뭐 잘못했어?
둘 다 표정이 왜 그래…?
아키라….

어제
알바한다고
했는데
끝나고
어디 가지
않았어?
어?

어젯밤
11시쯤에
뭐 했어?

대체 무슨
일이지…?
왜 갑자기
그런 걸
묻는 거야….
두 사람이
알고 싶은 게
뭔지 모르겠지만
섣불리
대답할 수는
없어….

아…
그게.
왜 여기서
키요세
이름이…?!

그거
키요세랑
관련된 거야?
?!

응,
볼일이 좀
생겨서
집에
가는 길에
들르긴
했는데….

미안해.
이런 식으로
캐물으면
당황스러울 수도
있는데
숨기는 게
있으면
좀 서운해.
그러니까
조금만
기다려줘.
키요세에 대한 건
정리가 되면
다 얘기할게.
미안해,
애들아….

수업
시작합니다.
아키라….
얼마든지
기다릴 테니까
힘내.
알았어!
두 사람의
그 말투….
내가 어제
키요세를 만난 걸
아는 눈치였어.
입에 침이
마르기도
전에
그 녀석….
자세한 내막은
알 수 없지만
그 녀석한테서
새어나간 게
분명해…!

잠시라도
믿었던 내가
바보였어…!!
키요세
하루카…

슈
욱
쿠
웅

왜 말했어?

뭐,
뭘요…?
시치미 떼지 마!

오늘 아침에 친구들이 그 일에 대해 물어봤단 말야!
어제 나랑 만난 거
네가 말했을 거 아냐!
정말 아무 말도 안 했어요!
그저… 어제….
네가 말한 게 아니면 어떻게 알았겠어!
어제 일이 그렇게 바로 들통나다니….

네.
가게에 와서
이것저것
물었는데
뒷문 쪽에서
선배가 나오는 걸
우연히 봤다면서
나를
봤다고?!
저는 진짜
아무 말도 안 하고
바로 안으로
도망쳤어요.
이게
무슨 일이야!!
완전히
방심했어!
두 사람이
그 가게에
가다니!
으아

에코다
선배.
저를
못 믿는
거예요?
제가 절대
말 안 한다고
했는데.
이런!
바로
의심하다니
좀
서운하네요.
지금
이 녀석의
기분을
거스르면….
그건…!
나만
도움받는 건
좀
이상하잖아.
난 해준 게
아무것도 없는데…
그래서 불안한
마음에….
음—

그럼 선배도
저를 위해서
뭔가 해주세요.

그래야
선배가
안심할 수
있다면
절 매수해봐요.

그런
방법이
있었구나!!

매수…
확실히
그것만큼
믿을 만한
수단은 없지.
지금까지
쭉 입으로만
약속한 게
문제였어.

이 녀석의
제안이라는 게
아니꼽긴
하지만
여기서
대가만
지불하면
되는 거야!

좋아.
뭘
해줄까?
그건 선배가
생각해야죠~
?!

그런 게
어딨어.
생각나면
말해줘요.

에코다 선배랑 키요세잖아.
뭐야, 결국 그런 거였어?
나카무라 바시?

왜 그래?
?
아냐, 아무것도.
아～아
시시해.

감사 합니다.
딸랑 딸랑
역시 일류 파티쉐의 가게는 비싸구나….
터무니없는 고급 기호품이야.
게다가 한 시간이나 줄을 서야 하다니….

입막음을 위한 대가로는 차고 넘쳐.

키요세의 취향은 이미 조사가 끝났어….
이걸 마다할 리가 없지.

하지만 그만한 가치는 있어.

후후후
이것만 주면
우리 입장은
대등해지는 거야!
기대해라,
키요세.
키요세는
오늘 3교시
수업
이니까…
슬슬
끝날 때가
됐네.

생물실로
부르는 게
좋겠지?
이 시간이면
아무도
없을 테니까

나도 누가
보기 전에
움직이자.

후다닥

왜 그래?

방금 아키라를 본 것 같아서….
뭐?
하지만 아키라는 오늘 수업 없잖아?

잘못 봤나?
음~
놓고 간게 있었을지도

키요세, 오늘….

미안, 아키츠.
나 먼저 갈게.
뭐야, 급한 일 있어?
응, 들를 곳이 있어서.
미안.
그래, 그럼 다음에 봐.
저 녀석 …!
열쇠를 두고 갔잖아!
어차피 생물실에 갔을 테니
갖다주지 뭐.
손이 많이 가는 녀석이야
우와!

이거
제 거예요?

그거
다행이네.
고마워요,
에코다 선배!
제가 엄청
좋아하는
건데!

이 자식
…!!
저는
먹고 싶으면
주문해서
먹거든요.
여긴 항상
줄이 길어서
어?
가게에서 직접
사오셨어요?
힘들었을 텐데.
그랬
구나.

먹어도 돼요?
그럼.
덥석
맛있다.
됐어!
먹었지.
스윽
넵.
그럼 새삼스럽지만
앞으로 절대 쓸데없는 얘기는 하지 마.

키요세 녀석,
드디어
에코다
선배와…?!
저,
저건…!

아키라랑
키요세?
어…?!

방금
아키라가
어쩌고….

에코다
선배
친구분들
…!
너
뭐 하는
거야?

….
…
니까.
여기서는
대화가
안 들려.
가까이
가보자!
네!

뭐야,
저 모습은!
어떻게
된 거야?!
저도
몰라요!
근데
아마도
에코다
선배가
빵을
사다준 것
같아요!

이거 제가
다 먹어도
돼요?
슬쩍

당연하지,
너 먹으라고
사온 건데.

잠깐!
너 먹으라고
사왔다는 게
무슨
소리야?!
셔틀이라도
시킨 거야?!
콱
설마요!
키요세는
그런 짓을
할 애가
아니에요.
얘들아!

어쨌든
다행이야.
쉿-

네가 좋다고
말해줘서….
이걸로
안 되면
어쩌나
했거든.

선배는
걱정도
태산이네요.

전 엄청
기뻤는데.

드르륵
축하해~!
미사키? 여긴 어떻게….
우연히 지나가다 봤어!
성공했구나, 아키라~
?!
뭘 어디서부터 들은 거야?!
뭐라 둘러대야 할지 모르겠어…!

키요세!
너 정말 언제
이런 거야!
어어?
역시 어젯밤에
뭔가 있었던 거지~?
너는 통 말을
안 하니까.
걱정했잖아~
어제는 정말
아무 일도
없었어요.

우리 지금부터
사귀기로
한 거예요.

꺄아아——악!

웬일이니!
축하해,
아키라~
어?
아
응
키요세,
행복해라~!!
정말
잘됐다~

아키라를
잘 부탁해.
바람피우면
용서 안 할 거야!
네~
그런 건 제가
용납 못 해요!

이, 이자식이~!!
2권에 계속

에코다 아키라의
가방 속은…
보너스 만화
·열쇠
·집열쇠
·코인 락커 키
(비밀 알바를 위한 짐이 들어있다)
파우치①
·콤팩트 파우더
IN
·쿠션 팩트
·립밤
·립플럼퍼 오일 & ·젤리 립글로스
·보조 배터리
·이어폰
·손수건
비상시에 남자에게 빌려주는 용도
본인용
·마우스
·민트사탕(전용 케이스)
파우치③
파우치②
·종이비누
·립밤
·고체 향수
·핸드크림
·선크림 (계절마다 교체)
·반짇고리
지갑 & 카드 케이스
금전운을 높이는 금색!
·동전 지갑
·ID 케이스
·태블릿
7개의 회의
·소설
이케이도의 작품을 열독 중

BEABEA KKOIN RESSENTI GIRL

# 배배 꼬인 르상티☆걸

에코다는 평소 잘 쓰지 않는 1~10엔짜리 동전을
동전 지갑에 모아두다가 저금통에 저금하고 있다.

가득 차면 은행으로....

# 배배 꼬인 르상티☆걸 1

**1판 1쇄 인쇄** 2020년 7월 9일
**1판 1쇄 발행** 2020년 7월 22일

**글 그림** 우라 로지
**옮긴이** 정은옥

**펴낸이** 김영곤 **펴낸곳** ㈜북이십일 아르테팝
**오리진사업본부** 신지원
**책임편집** 박찬양 **웹콘텐츠팀** 이은지 홍민지 손유리 최은아
**미디어마케팅팀** 황은혜 김경은 **해외기획팀** 박성아 장수연 이윤경 **제작팀** 이영민 권경민
**영업본부 이사** 안형태 **영업본부 본부장** 한충희 **문학영업팀** 김한성 이광호

**출판등록** 2000년 5월 6일 제406-2003-061호
**주소** (우10881) 경기도 파주시 회동길 201(문발동)
**대표전화** 031-955-2100 **팩스** 031-955-2151 **이메일** book21@book21.co.kr

**(주)북이십일** 경계를 허무는 콘텐츠 리더

아르테팝 채널에서 도서 정보와 다양한 영상자료, 이벤트를 만나세요!
페이스북 facebook.com/21artepop 트위터 twitter.com/21artepop
인스타그램 instagram.com/21artepop 홈페이지 arte.book21.com

ISBN 978-89-509-8608-7 07830
책값은 뒤표지에 있습니다.

# 병의 맛

**독자들이 인정한 평점 9.9의 명작 웹툰**
**『삼봉이발소』『목욕의 신』의 갓일권이 돌아왔다!**

학교 가기 싫음. 친구 없음.
이런 나에게 무언가 생겨나기 시작했다.

2019 오늘의 우리만화상 수상

2019 우수만화도서 선정

**1~3권 완간**
글 그림 **하일권** | 각 권 **14,000원**

**"미생이 새로워졌습니다"**

**새롭게 태어나는 〈미생〉의 표지는 실재의 공간에**
**가상의 인물을 그려 넣었습니다**
– 윤태호, 작가의 말 中

드라마 〈미생〉 원작웹툰

**RECOVER EDITION 출간**

**1~14권 출간(15권 근간)** | 글 그림 **윤태호**
시즌1 세트 **124,200원** 시즌2세트 **69,000원** 단권 **13,800원**